NOTICE

SUR

LA FONTAINE

DE

S^{TE}-REINE

A ALISE

(CÔTE-D'OR),

Par C. NODOT, Pharmacien

à Semur.

SEMUR,

IMPRIMERIE DE BUSSY, SUCCESSEUR DE LEREUIL.

1841.

NOTICE

SUR LA FONTAINE

DE

Ste-Reine à Alise.

———

Toutes les fontaines de l'arrondissement de Semur, placées sous le vocable des saints du Christianisme, sont remarquables par la pureté de leurs eaux, car elles sont douces, légères et salubres; les sources, qui les alimentent, sont toutes placées sur le penchant de nos montagnes calcaires, à peu de distance du sommet, et sortent constamment des parties inférieures du calcaire à Entroques, là, où ces roches présentent leur crête et s'enfoncent sous des formations plus récentes.

La vivacité avec laquelle elles sourdent, les nombreuses fissures qu'elles traversent, font qu'elles déposent, avant leur sortie hors de terre, les sels calcaires en excès qu'elles pourraient retenir; elles sont, en outre, d'une limpidité cristalline; leur température s'éloigne peu de celle de l'atmosphère, et, lorsqu'on les soumet à l'ébullition elles ne déposent aucune partie terreuse. Telles sont : la fontaine de sainte Christine à Viserny, celle de saint Abdon à Arnay-sous-Vitteaux, celles de saint Côme et de saint Fiacre sur la montagne de Chevigny etc., mais la plus remarquable de toutes est sans contredit celle de Sainte-Reine à Alise, car elle est encore aujourd'hui la cause de cérémonies religieuses qui attirent en pélerinage des habitans fort éloignés, mais principalement des Morvandaux, des Bressans et des Bas-Bretons, comme derniers représentants des populations Galliques et de leurs traditions morales.

C'est un fait acquis à l'histoire que les fontaines placées sous l'invocation des saints du Christianisme étaient adorées par les Gaulois, car dans la religion Druidique, le fétichisme resta toujours la croyance des classes ignorantes du peuple, et les chrétiens ne pouvant le détruire entièrement y substituèrent la notion abstraite de saints ou de divinités réglant leur cours.

Toutes ces fontaines à l'exception de celle de *Sainte-Reine*, sont aujourd'hui dépouillées du prestige de leur ancienne consécration; elles ne sont plus connues que par les habitans des villages voisins, qui les recherchent pour la pureté de leurs eaux et qui ignorent pour quelle cause on leur avait donné un saint pour patron. L'oubli dans lequel elles sont tombées, provient de leur isolement, tandis que l'antique renommée et l'affluence annuelle qui se porte à celle de Sainte-Reine, sont liées aux plus grands souvenirs des temps anciens et à sa position sur le flanc du Mont-Auxois au sommet duquel était bâtie Alise, cette sublime cité des Mandubes et l'une des forteresses les plus renommées de la Gaule ; car elles ne peuvent avoir pour cause unique, la Vierge martyre, patrone de la Fontaine ; cette cause était préexistante, *Sainte-Reine* n'en a été que l'étendard nouveau celui du druidisme étant proscrit.

On doit donc considérer le culte rendu à *Sainte-Reine* comme un autel collectif du culte druidique avec le nouveau culte catholique ayant le double caractère politique et religieux ; car les traditions nationales et surtout les souvenirs héroïques du siége d'Alise, rappelaient sans cesse aux Gaulois la grande existence de cette cité avant la conquête et son noble rôle pendant la lutte ; c'était en un mot un foyer où venaient se ranimer l'espérance des patriotes et leur haine contre l'étranger.

Lorsque cette grande conception politique et religieuse eût perdu son but primitif, les faits historiques et traditionnels, sur lesquels reposaient la

popularité des pélerinages furent oubliés et né-
gligés, et, alors *Sainte-Reine* a seule reçu les hommages des descendants de la Gaule, quoiqu'on
eût conservé dans les cérémonies annuelles les al-
légories qui pouvaient entretenir la haine du nom
romain et dans lesquelles *Sainte-Reine* représen-
tait la Gaule asservie.

Acceptons donc l'hommage public que l'on
rend encore à *Sainte-Reine*, comme d'un haut en-
seignement pour l'histoire et comme l'emblême
des moyens qu'employaient nos aïeux pour rappeler aux Gaulois la liberté qu'ils avaient perdue ;
car elle est encore aujourd'hui une image vivante
quoique mutilée offerte aux descendans de la
Gaule, à la gloire de leurs ancêtres, et à leurs ef-
forts contre la domination étrangère.

En l'absence de l'idée morale qui avait présidé
à la consécration de la fontaine, les uns n'attri-
buèrent qu'aux miracles de la Vierge, la popularité dont elle jouissait ; de-là, cette multitude
de petits écrits religieux qui parurent dans les
seizième, dix-septième et même dix-huitième
siècles, ainsi que les divers inventaires des re-
liques de *Sainte-Reine*, ordonnés par des évêques
et faits par des médecins à la même époque.

D'autres, au contraire, dominés par des idées
plus matérielles, voyant que la Fontaine et la Vierge
martyre étaient confondues dans les hommages

des pélerins ; cette dernière même n'étant con-
sidérée dans leur esprit que comme le corollaire
de la fontaine dont elle réglait le cours qu'elle
protégeait par son martyre, crurent à une vertu
médicale spéciale de ces eaux, et les classèrent
aussitôt parmi les eaux minérales, quoiqu'au dire
même de ceux qui les ont préconisées ; « elles
ne contiennent ni terre ni sélénite, en quoi elles
le disputent à l'eau distillée. »

Il est essentiel de remarquer que la fontaine
placée sous le vocable de *Sainte-Reine*, est située
dans l'emplacement de l'ancien couvent des Cor-
deliers, c'est elle seule qui attire la dévotion des
pélerins, c'est son eau qu'ils viennent boire en
signe d'alliance et de fraternité, dans le bassin de
cuivre traditionnel, lors de la fête patronale de
Sainte-Reine qui a lieu le 7 septembre de chaque
année, et dont l'on faisait des envois considérables
dans le siècle dernier, aux notabilités administra-
tives et politiques de l'époque, comme il appert
par les registres du couvent dans lesquels nous
avons distingué les personnages suivants :

MM. Pavé, Secrétaire du Roi, à Paris.

Lenoir, Trésorier des Aumoniers du
Roi, à Paris.

Alliot, Intendant de la maison du Roi
de Pologne, à Lunéville.

Martin-Fort, Secrétaire du Roi, à Paris.

Son Excellence, Monseigneur le comte de Part Ministre de l'Empereur, Grand Maître des postes impériales.

M. Arnaud, au bureau des eaux minérales, à Paris.

L'eau se vendait 7 livres 10 sols les cent bouteilles non-compris le verre, le port et l'emballage. Chaque bouteille était scellée avec un cachet, portant ces mots pour exergue : *Sceau du couvent de Sainte-Reine* ; et pour type on voit sainte Reine militante et martyre, ayant à côté d'elle sa fontaine.

L'eau de cette source est douce, limpide et légère, elle ne contient que quelques millièmes de carbonate de chaux, les réactifs n'y indiquent aucun autre corps ; le bassin qui la reçoit, n'est jamais sali par des dépôts boueux ; son eau est des plus pures que l'on connaisse, l'on ne peut donc l'appeler eau minérale, puisqu'elle ne tient pas en dissolution des substances, capables de lui donner des propriétés médicinales. Cependant cette fontaine ne doit pas être confondue avec les sources qui alimentent l'hospice de *Sainte-Reine* et notamment avec celle qui fournit l'eau des bains, puisque c'est d'elle que l'on a dit qu'employée en bains ou en lotions, elle avait une influence marquée sur le système dermoide, en donnant de la souplesse à la peau, et en facilitant la transpiration cutanée.

Cette source est située à la partie nord du Mont-Auxois, et se rend par des aqueducs au jardin de l'hopital ; on la nomme fontaine des Dartreux, à cause que les pauvres allaient autrefois s'y laver. Cette source a été concédée à l'hospice de *Sainte-Reine* par lettres patentes de Louis XIV, du mois de mars 1686, d'après le procès-verbal dressé par le sieur Lejongleur, fontainier ordinaire du roi, à Versailles, à la suite de la visite qu'il a faite, par ordre de sa majesté, à l'hôpital de *Sainte-Reine* ; « pour trouver les moyens d'y donner l'eau pour l'usage des pauvres et les nécessités dudit hôpital. »

Cette eau, en effet, laisse après qu'on l'a avalée une sorte de sécheresse sur la bouche et particulièrement sur l'arrière bouche, elle n'exhale aucune odeur et rend les doigts doux et glissants comme le ferait une eau alcaline, le docteur Barbuot de Flavigny, est le premier qui se soit occupé de leur analyse, et de décrire leurs propriétés médicales ; son analyse est sans importance puisqu'il y a trouvé du plomb, du nitre et du bitume ; son mémoire est écrit en latin, il porte le millesime de 1671.

Duclos, médecin du roi, membre de l'académie des sciences de Paris, a aussi fait l'analyse de ces eaux en 1770, il y a trouvé du bitume et une poudre sablonneuse insipide qui est sans doute du carbonate de chaux.

François Doucet, chirurgien à Frolois, en a fait
l'analyse en 1771 , il a retiré par l'évaporation
un grain par livre de résidu, il dit, que l'évaporation au huitième y laisse surnager à la surface
des parties bitumineuses qui se précipitent en-
suite au fond en filamens brunâtres , qu'alors elle
a une odeur et une saveur d'urine qu'il compare
à une lessive de matières alcalines et que l'addi-
sion de l'acide vitriolique , forme avec le résidu
un sel neutre du poids de 1 grain et demi par
livre. C'est le meilleur mémoire qui ait été écrit
sur les eaux de *Sainte-Reine.*

Le docteur Maret en a répété l'analyse en 1782,
il a opéré sur 110 pintes de Paris , réduites à dix
livres et demie par l'évaporation dans des vases
de terre vernissés, il n'y a trouvé de plus que les
autres qu'un peu de terre martiale. Cette analyse
est d'ailleurs incomplète puisque l'évaporation a
eu lieu dans la chaudière des bains.

L'illustre Fourcroy en a fait l'analyse en 1781,
sur quinze bouteilles qui lui ont été envoyées
de l'hospice de *Sain'e-Reine*; cachetées avec le
sceau de l'hospice S. M. R. entourés d'une cou-
ronne d'épines.

Cette eau, selon lui, avait un arrière goût
douceâtre et astringent sur le palais, il y a trouvé
des sels marins calcaires et à base de magnésie
colorés par une matière extractive ; l'analyse

lui a donné, sur vingt livres environ, dix grains de terre calcaire, deux grains de sel marin calcaire, un grain de sel marin de magnésie, deux grains de sélénite et un atome de matière extractive. Il termine en disant que, si cette eau a véritablement des propriétés médicales, le principe doit en être volatil, car les principes salins ne sont que ceux qui se rencontrent dans les eaux que l'on considère naturellement comme pures.

On voit que ces divers travaux sont loin d'éclaircir la question, puisque les principes salins qui y sont rencontrés y existeraient en si petite quantité qu'un litre en contiendrait à peine un décigramme. Cependant, cette eau prise à la source a un caractère d'alcalinité bien prononcé qui disparaît au bout de peu de temps, ce qui indique qu'il est dû à un principe volatil, comme l'avait soupçonné Fourcroy. En conséquence, pour en déterminer la nature, j'en ai distillé dans une cornue de verre, et j'ai ajouté dans le récipient quelques gouttes d'acide chlorrhydrique, j'ai obtenu par ce moyen du chlorrhydrate d'ammoniaque après avoir évaporé jusqu'à siccité. C'est donc au carbonate d'ammoniaque que la source des Dartreux doit sa saveur et ses propriétés médicales. Cette eau contient, en outre, une petite quantité de carbonate de chaux, de fer et de magnésie.

Je suis parvenu à ce résultat par des expé-
riences qualitatives, regardant les autres comme
inutiles, puisqu'il eût fallu évaporer cent litres
d'eau pour obtenir dix grammes de résidu salin.

Maintenant que nous connaissons les élémens
constitutifs de la fontaine des Dartreux, exami-
nons sa position géologique, afin de déterminer
dans quel terrain elle prend naissance.

Le plateau du Mont-Auxois a une forme à peu
près elliptique, sa plus grande longueur est de
deux kilomètres et sa plus grande largeur de 800
mètres; il est entièrement isolé, c'est-à-dire, que
ses côtés sont coupés par des vallées profondes
qui l'isolent des collines voisines. Ce qui explique
assez bien pourquoi le calcaire à entroques qui
forme ses assises supérieures et qui donne à ses
bords extérieurs un caractère abrupte et dénudé,
a une position presque horizontale quoiqu'il in-
cline un peu à l'est, sa crête la plus relevée étant
à l'ouest. Ce calcaire repose immédiatement sur
les argiles suprà-lyasiques, et c'est entre ces deux
couches que les fontaines prennent ordinaire-
ment leurs cours, soit qu'elles s'alimentent par
l'eau absorbée par les terrains supérieurs, soit
qu'elles viennent aboutir comme déversoir au
point où elles jaillissent.

La fontaine des Dartreux est dans le premier
cas, c'est-à-dire, qu'elle ne reçoit que les eaux

fournies par les infiltrations du sol où elles se chargent naturellement des matières organiques qui s'y rencontrent, le sommet du plateau étant actuellement en culture.

L'état dans lequel on rencontre les sources, les canaux qu'il a fallu construire, les précautions prises pour éviter les déperditions, les variations qu'elles présentent dans leur écoulement après les changemens atmosphériques, et la superficie totale du plateau ne nous laissent aucun doute sur l'origine de la fontaine des Dartreux.

Une simple observation doit mettre ce fait hors de divergence ; c'est que les aqueducs qui conduisent l'eau à l'hospice ne sont pas maçonnés là, où on avait reconnu des infiltrations, l'on voit alors s'écouler des parties supérieures et déposer en filtrant à travers les fissures des roches un limon argilo–ferrugineux qui s'étend en cône sur les parois de la roche ; c'est aussi à la présence de ce limon lorsque les eaux sont fortes et abondantes qu'il faut attribuer ces dépôts vaseux que l'on remarque dans les réservoirs et qui en altèrent momentanément la transparence et la pûreté.

Chaque année voit décroître le nombre des visiteurs et des pélerins qui se rendent à Alise.

Trois grandes forces ont contribué à cet abandon. La première cause et la plus vitale provient de l'indifférence des traditions anciennes sur l'esprit actuel.

La seconde est due à l'anéantissement de tout ce qui pouvait rappeler la grandeur d'Alise.

Enfin la troisième est la suppression des cérémonies religieuses qui peignaient le mieux la position hostile des Gaulois envers les Romains.

Cependant, le bourg de *Sainte-Reine* mérite, à tous égards, l'attention des hommes éclairés par les souvenirs historiques qui s'y rattachent, souvenirs qui remontent à l'antiquité la plus reculée et que le moyen âge nous a conservés presque intacts, malgré les malheurs des temps ; mais encore parce qu'il justifie pleinement par sa position pittoresque et des avantages en tous genres du choix qu'en avaient fait nos aïeux, car aucune vue n'est plus délicieuse, aucune vallée plus fertile, aucun lieu plus agréable et plus salubre.

FIN.

www.ingramcontent.com/pod-product-compliance
Lightning Source LLC
Chambersburg PA
CBHW061449170626

46811CB00005B/2426